Jürgen Calator

Im Schein der Kerzen
Vier Geschichten zur Adventszeit

Jürgen Calator

Im Schein der Kerzen

Vier Geschichten zur Adventszeit

Bibliografische Information der Deutschen
Nationalbibliothek: Die Deutsche
Nationalbibliothek verzeichnet diese Publikation in
der Deutschen Nationalbibliografie; detaillierte
bibliografische Daten sind im Internet über
http://dnb.dnb.de abrufbar.

© 2014 Frank Diener
Herstellung und Verlag:
BoD – Books on Demand, Norderstedt

ISBN: 978-3-7357-8223-6

Und der Engel sprach zu ihnen: Fürchtet euch nicht! siehe, ich verkündige euch große Freude, die allem Volk widerfahren wird; denn euch ist heute der Heiland geboren, welcher ist Christus der Herr..

Die Bibel, Lukas 2, 10-11

Für Livia, Patrick, Larissa, Niclas

und alle meine Freunde:

Frohe Weihnachten!

Inhalt

Lebensjahr.. 9
Schöpfungsplätzchen............................ 16
Ruhestand.. 24
Einsam... 31

Lebensjahr

Schön ist der gestrige Abend gewesen. Nicht ganz so schön wie in den vergangenen Jahren, als die Familie ihn noch zu sich nach Hause holen konnte. Aber doch schön. Er konnte das Heim nun nicht mehr verlassen, aber alle sind hier bei ihm gewesen – Kinder, Enkel und Urenkel. Das Essen, das die Schwiegertochter mitgebracht hatte, war köstlich wie immer und die Fröhlichkeit der Urenkel beim Auspacken der Geschenke war ansteckend. Er merkte, dass seine Nerven im Alter nicht mehr ganz so stark waren. Wenn Nachbarskinder spät abends draußen noch Lärm machten, störte ihn das immer ein wenig. Nicht dass er sich beschwert hätte – dafür konnte er sich noch viel zu gut an seine eigene Kindheit erinnern, aber stören tat es eben doch. Ganz anders jedoch bei den eigenen Urenkeln. Sie tobten so laut um ihn herum, dass er nur bedauerte, nicht mehr aufspringen und mit ihnen herumtollen zu können. Was für ein wundervoller Heiliger Abend. Könnte ein Abend überhaupt noch heiliger sein?

Und nun sah er aus dem Fenster. Wie herrlich ruhig das weiße Feld und der Waldrand am

Horizont lagen. Das also war nun sein letztes Weihnachtsfest. Sein Hausarzt hat ihm keine Hoffnung mehr gemacht, dass er auch nur den Frühling nochmals sehen würde, geschweige denn den nächsten Winter. Irgendwie schien ihm das passend. Der Winter war eine gute Zeit zum Sterben. Ist nicht unser aller Leben wie ein Kalenderjahr?

Seine Gedanken wanderten zurück zum Frühling seines Lebens. Wie eine junge knackig grüne Pflanze war er damals voller Energie gewesen. Im Frühling des Lebens verändert man sich sehr schnell. Aus einem kleinen Trieb wird eine Blume. Er erinnerte sich an die Spiele mit der großen Schwester, den Hof zwischen den Wohngebäuden, auf dem sie so manches Abenteuer erlebten, an die Schule, wo sich die Lehrer bemühten, die jungen Pflanzen an einen Stab zu binden, um ihnen Richtung zu geben. Es war ihnen nur bedingt gelungen. Pflanzen sind willenlos, junge Menschen dagegen müssen einen Teil der wichtigen Erfahrungen selbst machen.
Er erinnerte sich an das schöne blonde Mädchen, das die Schule für höhere Töchter auf der anderen Straßenseite besuchte und in das er heimlich verliebt war. Der Gedanke, dass es ihn wahrscheinlich nie wahrgenommen hatte ließ ihn heute schmunzeln. Ihm fielen die Ballspiele

auf dem Schulhof ein und der Lateinunterricht bei Herrn Oberstudienrat Müller. Es waren schöne Erinnerungen, wie an einen strahlenden Frühlingstag eben.

Der Frühsommer seines Lebens begann mit einigen heißen Tagen. Zu heiß. Sie haben keinerlei schöne Erinnerungen in seinem Gedächtnis hinterlassen und er wünschte, er hätte sie nie erleben müssen. Das Land war verglüht von der Hitze feindlicher Artillerie und Bomben. Aber gewachsen waren sie auf der eigenen braunen Gülle, die sein Land damals produziert hatte. Ein Gutes nur hat dieser schreckliche Frühsommer seines Lebens hervorgebracht, was all die Fürchterlichkeit vergessen machte. Auf der Flucht hatte er Erika kennen gelernt. Seite an Seite verbrachten sie fortan den Sommer ihres Lebens. Die Kinder kamen, er begann, beruflichen Erfolg zu haben. Die Jahre des Wirtschaftswunders waren auch seine Sommerjahre. Die Blüten standen in voller Pracht und alles glänzte im Licht seines Lebens. Er dachte an ihr Haus, an das erste Familienauto, den ersten Fernseher. Einen Moment erschrak er. Warum fielen ihm beim Gedanken an den Sommer des Lebens all die materiellen Reichtümer dieser Zeit ein? Waren die ihm wichtiger, als er sich bislang eingestanden hatte? Er dachte darüber nach. Dann wurde ihm bewusst, dass es nicht das Haus war, an das er dachte, sondern die Kinder, die an die Tür gelaufen kamen, wenn er nach Hause kam. Es war nicht das Auto, sondern die gemeinsamen Fahrten ins Grüne, an die er sich erinnerte. Und es war nicht der Fernseher, sondern das Lachen der Kinder und der Frau, wenn sie nachmittags gemeinsam die ersten lustigen Fernsehsendungen sahen. Dieser Gedanke beruhigte ihn und stimmte ihn sehr froh und dankbar.

Der Herbst begann, als die Kinder das Haus verließen. Plötzlich war das Leben etwas kühler, aber auch bunter. Erika und er fanden neue Interessen. Sie wanderten viel und reisten durch die Welt, nachdem er schließlich in Rente gegangen war. Es waren schöne Jahre im Herbst des Lebens. So wie die Blätter im Herbst an den Bäumen, ließ auch seine Frische etwas nach. Die Haare wurden langsam grau und er nahm ein paar Kilo zu. Erika bekam ihre wunderhübschen Fältchen an den Augen. Das kam vom vielen Lachen. Die Kinder, die nun ihren eigenen Sommer erlebten, waren nur noch hin und wieder zu Gast bei den Eltern. Aber als die Enkel kamen half ihnen das, sich auch im Herbst ab und an noch einmal jung und frisch zu fühlen.

Der Wintereinbruch kam plötzlich und auf

einen Schlag in sein Leben. Erika starb unerwartet und nahm alle Wärme und alle bunten Farben mit sich. Die erste Zeit war für ihn wie ein kalter, grauer und matschiger Wintertag. Doch im Laufe der Jahre brachen die Wolken auf und er entdeckte, dass auch die Einsamkeit, Kälte, Stille und Farblosigkeit des Winters reizvoll waren. Gibt es etwas schöneres, als mitten auf einem zugefrorenen See spazieren zu gehen oder am Waldrand zu stehen und ein weißes, unberührtes Feld zu betrachten? Und das geht eigentlich nur allein. Um den Winter zu genießen ist es nicht das schlechteste, allein zu sein.

Fast schämte er sich bei dem Gedanken ein wenig. Durfte er so denken? Sollte er nicht eigentlich traurig sein, dass er den Winter des Lebens nicht mit ihr zusammen verbringen durfte? - Nein, er hätte sie zwar gern bei sich, aber es war gut, dass er gelernt hatte, auch alleine glücklich zu sein. Schließlich ist das nicht immer so gewesen. Aber auch als er noch jung war, hat er im Winter gerne einsame Spaziergänge unternommen. Es war nicht so schlimm, im Winter des Lebens allein zu sein, Zeit für eigene Gedanken zu haben und dadurch ruhiger und besonnener zu werden.

Jede Jahreszeit seines Lebens hat er genossen. Aber er wünschte sich den Frühling nie zurück.

Alles war gut, wie es war. Was kommt wohl, wenn der Winter des Lebens zu Ende ist? Würde er Erika wiedersehen? Er hoffte es.

Im Radio wurde „Süßer die Glocken nie klingen" gespielt. Noch einmal schaute er durch das Fenster auf den schönen weißen Schnee. Dann legte er sich in seinem Sessel zurück und schloss die Augen.

Für ihn war das Jahr vorüber.

Schöpfungsplätzchen

Um diese Jahreszeit machte Tine immer einen Umweg wenn sie von der Schule nach Hause ging. Sie fand es so schön, in der Vorweihnachtszeit durch die Innenstadt zu gehen, über den Weihnachtsmarkt und vorbei an all den kleinen Lichtern und Kerzen in den Schaufensterauslagen. Sie liebte den weihnachtlichen Duft nach Zimt, Punsch und Tannenbäumen und die vertrauten Weihnachtslieder. Mitten auf dem Weihnachtsmarkt war eine Schlittschuhbahn aufgebaut. Kleine Kinder, Jugendliche und alte Leute liefen und stolperten durcheinander. Es war die so schöne alljährliche romantische Weihnachtsstimmung. Sogar ein paar Schneeflocken fielen heute, was hier nur selten vorkommt.
Tine blieb an einem ihrer Lieblingsplätze auf dem Weihnachtsmarkt stehen. Es war eine lebensgroße Krippenszene. Sie war jedes Jahr dort und Tine war schon als kleines Kind davon fasziniert gewesen.

Heute war es aber irgendwie anders. Seit Tagen schon kreisten Gedanken in ihrem Kopf herum, die sie verunsicherten, fast beunruhigten und ihr die vorweihnachtliche Stimmung etwas verdarben. So lange sie zurückdenken konnte hat sie immer eine große Begeisterung für die Weihnachtsgeschichte empfunden. Zum Beispiel für Maria, die hochschwanger auf einem Esel nach Bethlehem ritt, um an der von Kaiser Augustus angeordneten Volkszählung teilzunehmen. Sie war beeindruckt davon, unter welch ärmlichen Umständen Maria ihr Kind zur Welt gebracht hat. Sie hat sich nie für besonders religiös gehalten, aber irgendwie hat sie auch nie daran gezweifelt, dass dieses Kind in der Krippe, dessen Geburtstag alljährlich gefeiert wird, jemand ganz besonderes war. Sie glaubte einfach daran, dass den Hirten ein Engel erschienen war und ihnen die Geburt des Heilands angekündigt hat, ohne das jemals richtig in Frage gestellt zu haben.

Aber nun sprachen sie im Biologieunterricht über die Entstehung der Erde und des Lebens auf ihr. Es ist alles so logisch, sinnvoll und interessant. Da gab es vor 20 Milliarden Jahren den Urknall, durch den das Universum entstanden ist. Aus einer Wolke aus Staub und Gas entwickelten sich die Sonne und die Planeten unseres Sonnensystems. Nach der Abkühlung der Erde entstand das Wasser und eine Milliarde Jahre später hatten sich aus einzelnen Ribonukleinsäuren erste Einzeller entwickelt.

Durch Evolution entstanden höhere Lebensformen und schließlich der Mensch.
Und plötzlich hatte Tine sich gefragt, wo dabei noch Platz für etwas wie Gott ist. Wenn an der Weihnachtsgeschichte etwas Wahres ist, wenn Jesus der Sohn Gottes war, dann musste es schließlich auch einen Gott geben. Wenn wir uns heute aber die Geheimnisse der Entstehung der Erde und des Lebens naturwissenschaftlich erklären können, ist vielleicht die Vorstellung eines Gottes und einer Schöpfung vollkommen falsch und einfach nur vor langer Zeit entstanden, als die Menschen sich all das, was wir heute wissen, noch nicht erklären konnten. Dann aber gab es auch nie einen Sohn Gottes.
Diese Vorstellung nahm Tine den Zauber dieser Weihnachtszeit. Bei all der schönen Musik, den Düften und der Stimmung auf dem Weihnachtsmarkt blieb ohne das Kind in der Krippe doch nur eine kommerzielle Veranstaltung, die den Geschäften um den Weihnachtsmarkt herum zwei Drittel ihres Jahresumsatzes brachte. Etwas wehmütig blickte Tine nochmals auf die Krippe und ging dann mit etwas schnelleren Schritten weiter.

Zuhause angekommen erinnerte sie sich daran, dass heute Plätzchenbacktag war. Ihre Mutter buk jedes Jahr 12 verschiedene Sorten Plätzchen und bis vor drei Jahren ist es Tradition gewesen, dass Tine ihr dabei half. Es war so eine Mutter-Tochter-Geschichte. Als sie 12 war, fand sie aber, dass sie als Plätzchenbackgehilfin zu alt war und seither nimmt ihre kleine Cousine Lina Tines Platz über der großen Rührschüssel ein. Tine musste schmunzeln als sie die Kleine mit den verschmierten Händen und dem mit frischen Plätzchen vollgestopften Mund sah. „Aber Linchen, heute ist doch Plätzchenbacktag, nicht Bäckchenplatztag" sagte sie lachend. Die kleine schwang ihre Arme um Tines Hals und passte dabei auf, dass sie sie nicht schmutzig machte.

„Hallo Schatz, wie war es in der Schule?" hörte sie nun ihre Mutter sagen. „Wir sind hier gerade fertig, das letzte Blech ist im Ofen. Hilfst Du mir dabei, hier wieder klar Schiff zu machen?" Tine hatte nichts dagegen. Zwar buk sie nicht mehr so gerne wie früher, aber etwas Zeit alleine mit ihrer Mutter in der Küche zu verbringen war immer noch schön und Aufräumen und Saubermachen hat ihr noch nie viel ausgemacht. „Lina, ich hab heute Morgen das alte Puppenhaus für dich aus dem Keller geholt. Magst Du damit spielen?" Das ließ sich die Kleine nicht zweimal sagen und war schon in Tines Zimmer verschwunden.

„Du warst heute lange unterwegs. Bist bestimmt noch über den Weihnachtmarkt gegangen, oder? Ist er schön in diesem Jahr?" Tine zögerte. Sollte sie sagen, dass sie Weihnachten in diesem Jahr nicht mehr so schön fand? Anders als ihre Freundinnen hatte Tine aber schon immer das Gefühl, dass sie mit Ihrer Mutter gut zurecht kam und sie hatten schon so manches Gespräch gehabt, das ihr tatsächlich weitergeholfen hat – wie etwa damals bei ihrer ersten großen Liebe.. Also beschloss sie, ihre Mutter an ihren Gedanken teilhaben zu lassen. Sie erzählte vom Bio-Unterricht, von der Krippe und von ihren plötzlichen Zweifeln an der wahren Bedeutung des Weihnachtsfestes.

Ihre Mutter hörte die ganze Zeit einfach nur zu. Sie schaute ernsthaft und konzentriert drein und wartete, bis Tine geendet hatte. „Was denkst du darüber, Mutti? Glaubst du eigentlich an Gott oder ist er letztlich nur so eine Vorstellung – wie der Weihnachtsmann?"

Inzwischen waren sie mit der Küche fertig, alles war wieder sauber und ihre Mutter war damit beschäftigt, die Plätzchen vom letzten Blech in eine Dose umzufüllen. Es waren Vanillekipferln, Tines Lieblingsplätzchen.

„Setzen wir uns doch und probieren, wie sie

geworden sind." Tine rutschte auf die Eckbank hinter dem großen Esstisch und ihre Mutter gesellte sich mit der Keksdose zu ihr. Die Plätzchen waren köstlich. Tine holte sich noch ein Glas Milch dazu und brachte auch ihrer Mutter eines. „Kannst Du die Zutaten herausschmecken?" Tine ließ ein Stückchen auf der Zunge zergehen und versuchte sich zu erinnern, wie Vanillekipferln gemacht werden. „Vanille natürlich und Zucker. Außerdem ja wohl Mehl und Öl." „Ziemlich gut! Weißt du, wenn wir deinem Bio-Lehrer eines davon geben würden, könnte er im Labor bestimmt herausfinden, was genau darin ist. Er würde vielleicht sogar meine diesjährige 'geheime Zutat' ermitteln können." Die Mutter lächelte verschmitzt. Wahrscheinlich könnte man sogar herausfinden, wie lange das Plätzchen bei welcher Temperatur gebacken worden ist und wann das ungefähr war.

„Das könnte er wahrscheinlich tatsächlich ermitteln, allerdings würde ich ihm raten, das Plätzchen einfach zu essen – das wesentliche verpasst er sonst." Tine schmunzelte.

„Aha" sagte Mutti - und Tine verstand plötzlich, worauf sie hinaus wollte. „Die Naturwissenschaft kann herausfinden, wie ein Plätzchen gemacht wurde. Eine Antwort auf die Frage, wer es gebacken hat, und vor allem, warum, kann sie aber nicht geben. Braucht sie auch nicht. Dafür gibt es die Philosophie und die Theologie. In diesem Fall sind die Antworten einfach. Wer hat die Plätzchen gemacht? Lina und ich. Und warum? Weil wir diejenigen lieb haben, für die wir gebacken haben.

Ich glaube, dass es mit dieser Erde und dem Leben darauf gar nicht so anders war. Jemand hat sie für uns gemacht, weil er uns lieb hat. Und aus demselben Grund hat er seinen Sohn hierher geschickt. Er wurde geboren und in eine Krippe gelegt. Daran glaube ich. Wie alles gemacht wurde ist interessant zu ergründen, aber doch nicht halb so wichtig wie die Frage nach dem Warum. Dieses große herzförmige Plätzchen mit dem rosa Zuckerguss hat Lina übrigens für dich gebacken."

„Danke" sagte Tine nach einer Weile nachdenklich und fügte hinzu „für alles". Sie lächelte ihre Mutter an, nahm das herzförmige Plätzchen und ging langsam ins Wohnzimmer. Lina saß dort vor der kleinen Krippe aus Holz und betrachtete das Jesuskindlein. Tine drückte ihre Cousine und sah über deren Schulter auf die kleine Krippe mit dem Kind. „Dir auch vielen Dank für dieses schöne Plätzchen hier".

Ruhestand

Der Nikolaus ist mit der Gesamtsituation unzufrieden. Früher war irgendwie alles besser und seine Arbeit ist viel leichter gewesen. Die Kinder stellten ihre Schuhe noch ordnungsgemäß vor die Tür oder zumindest ans offene Fenster. Die Menschen lebten noch in einzelnen Hütten, wo man einfach von Tür zu Tür gehen konnte. Heute dagegen: Grindelhochhäuser in Hamburg! Und die Fenster gerade einen Spalt breit offen. Macht sich eigentlich einmal irgendjemand Gedanken, wie ein alter dicker Mann, der gerade 15 Etagen am Abflussrohr hochgeklettert ist, seine Geschenke durch ein auf Kipp gestelltes Küchenfenster in die dahinter stehenden Schuhe werfen soll?? Und wenn es wenigstens immer Schuhe wären. Aber seit diesem unsäglichen Lied mit der Zeile „dann stell ich den Teller auf, Niklas legt gewiss was drauf...", das vor einigen Jahrhunderten die Charts stürmte, meinen viele, dass ein Teller ausreichend wäre. Pustekuchen! Wer nicht einmal so viel Gespür für Tradition hat, seine ordentlich geputzten Schuhe aufzustellen kriegt jetzt einfach nichts mehr.

Und dann diese jährlichen Weihnachtsfigurentreffen nach der Saison. Und dieses Jahr war der Nordpol plötzlich nicht mehr gut genug. Nein, zur Cote d'Azur wollten die Herrschaften. Und nun hängen sie hier alle herum und der Nikolaus fühlt sich vom Weihnachtsmann, dem Christkind und Santa Claus gemobbt. Er gehört eben nicht so richtig dazu, weil er am 6. Dezember sozusagen nur der Vorbote ist, der nur so kleine Geschenke bringt, dass sie in einen Schuh passen. Na ja, immerhin haben seine Geschenke etwas an Ansehen gewonnen, seit es so kleinen Elektronikkram gibt, wie etwa mp3-Player und so ein Zeug. Der Nikolaus weiß zwar gar nicht so genau, wie dieser neumodische Kram eigentlich funktioniert, aber er kommt ganz gut an. Natürlich steigen dadurch auch seine Ausgaben. Selbst früher waren Apfel, Nuss und Mandelkern eben noch günstiger als heute ein mp3-Player. Zum Glück konnte er letztes Jahr eine größere Charge aus einer Insolvenz aufkaufen.

Aber der Weihnachtsmann und die anderen nehmen ihn trotzdem nicht so ganz für voll. Dabei ist er doch eigentlich der Ursprung von allem. Er basiert immerhin auf einer real existierenden historischen Person. Die anderen sind doch alle nur nachgemachte Fiktionen. Das stört sie aber gar nicht. Santa ist sogar stolz darauf, dass er von Coca Cola erfunden worden ist. Na ja, die Amis eben... Jetzt sitzt er da in kurzen roten Hosen am Pool. Er ist der einzige von ihnen, der über eine Sommeruniform verfügt, da er auch für Florida zuständig ist und er behauptet, da kann es auch im Dezember ganz schön warm werden.

Der Weihnachtsmann und das Christkind haben ganz stillos auf ihre Uniform verzichtet. Der fette Kerl liegt da im Liegestuhl und lässt sich die Sonne auf den blassen Bauch scheinen. Das wird einen Sonnenbrand geben! Zum Glück liegt er weit genug vom Christkind entfernt, so dass sie sich mal nicht streiten können. Während der gestrigen Sitzung ging es zwei Stunden lang um die Grenzziehung zwischen dem Gebiet des Weihnachtsmanns und dem des Christkinds. Sie sieht zwar nicht schlecht aus für ihr Alter, mit ihren blonden Locken, aber sie nervt ganz schön. Zicke! Und jetzt liegt sie da im Bikini. Wie unpassend.

Der Nikolaus würde sich niemals von seiner traditionellen roten Uniform trennen, auch wenn es hier in Südfrankreich etwas wärmer ist. Genau so sieht es auch Väterchen Frost. Er ist vielleicht noch der sympathischste unter diesen ganzen Typen. Er braucht seinen roten Mantel allerdings auch, um die Wodkaflasche darunter zu verstecken. Nicht unverständlich. Er hat das größte Einsatzgebiet von allen. Und es ist kein Vergnügen, im Winter durch Sibirien zu reisen. Nach der politischen Wende in der Sowjetunion hätte man wenigstens für Neueinstellungen im Weihnachtsfigurenbusiness sorgen können. Aber nein, in einem Punkt waren sich die ganzen neuen Staaten einig: Alle wollten Väterchen Frost behalten.

Die verrückteste Idee war in diesem Jahr aber, als besonderen Gast zu dem jährlichen Treffen den Osterhasen einzuladen. Extra seinetwegen wurde der Termin von März auf Juni verschoben. Bis April hat dieser eierfressende Nager ja noch Hochsaison. Was er aber hier bei den Weihnachtsfiguren soll, bleibt dem Nikolaus ein Rätsel.

Zum Glück ist wenigstens der alte Knecht Ruprecht mitgekommen. Das waren noch Zeiten, als der Nikolaus noch jedes Jahr zusammen mit Knecht Ruprecht losgezogen ist. Da machte die Arbeit noch Spaß! Aber der alte Knabe hat doch ganz schön abgebaut. Und seit die Jugendschutzgesetze immer strenger wurden, wurde Knecht Ruprecht auch weitgehend überflüssig. Selbst die ungehorsamsten Kinder darf man inzwischen nicht mehr mit der Rute versohlen! In der guten alten Zeit konnten die Eltern noch mit Knecht Ruprecht drohen, der mit der Rute kommen würde. Beim letzten Mal als er sie tatsächlich benutzt hat, haben die Eltern doch tatsächlich Strafanzeige gestellt und beim nächsten Jahrestreffen mussten sie einen Vortrag des Kinderschutzbundes über sich ergehen lassen. Danach hat Knecht Ruprecht sich zur Ruhe gesetzt. Verständlich.

Der Nikolaus will das nun auch tun. „Die Rente ist sicher" hat der Bundesarbeitsminister vor einigen Jahren gesagt. Im Fall vom Nikolaus trifft das auch tatsächlich zu, immerhin war er fast 2000 Jahre berufstätig. Allerdings ist es ein hartes Stück Arbeit gewesen, die Rentenversicherung davon zu überzeugen, dass er nicht bloß einen Tag pro Jahr gearbeitet hat. Aber nun ist Schluss. Sollen die doch sehen, wer künftig bereit ist, das Abflussrohr an den Grindelhochhäusern hochzuklettern. Dies ist sein letztes Treffen mit den Weihnachtsfiguren. Danach ist Schluss. Die Uniform wird an den Nagel gehängt.

Der Nikolaus ist so in Gedanken versunken, dass er das kleine Mädchen gar nicht bemerkt, das schüchtern an seinen Liegestuhl herangetreten ist. „Bist du nicht der Nikolaus? Ich hab dich sooooo doll lieb!!! Der 6. Dezember ist für mich der schönste Tag im ganzen Jahr. Noch viel schöner als Weihnachten. Ich stehe immer schon ganz früh auf, weil ich so gespannt bin, was Du wieder tolles in meine Stiefel getan hast. Vielen Dank für das schöne Malbuch im letzten Jahr! Du bist der Alleralleralleralllerbeste!!!" Und schon war sie wieder verschwunden.

Was hat er doch für eine schöne Arbeit. Der Nikolaus sitzt zufrieden in seinem Liegestuhl an der Cote d'Azur und hofft, dass er noch viele hundert Jahre lang den Kindern so viel Freude bereiten kann. Wie schön es hier ist! Und all die netten Leute um ihn herum... Der Weihnachtsmann, das Christkind, Santa Claus, Väterchen Frost, Knecht Ruprecht, der Osterhase... Das Leben ist so schön!

Einsam

Das war er nun also, der erste Heilige Abend, an dem sie ganz allein war. Sie hatte in den letzten Monaten oft daran gedacht, wie es sein würde, das Weihnachtsfest in Einsamkeit zu begehen. All die Erinnerungen an Kinder, die mit strahlenden Gesichtern Geschenke auspackten, die Weihnachtsgans, das fröhliche Krakeelen unter dem Baum, die Christbaumkugeln, die beim Herumtollen zerbrachen, die Besinnlichkeit, wenn die ganze Familie zusammen „Stille Nacht, heilige Nacht" sang, waren nun eben nur noch das – Erinnerungen.
Sie hat in den letzten Monaten gelernt, was Einsamkeit bedeuten kann. Als Paul im Februar starb, war es eine gewisse Erleichterung. Seine Krankheit machte ihm das Leben zuletzt nur noch zur Qual und sie hat den Tod als Erlösung akzeptiert. Trotzdem war da sofort dieses Gefühl der Einsamkeit. Wie oft hat sie in den Monaten seither den Gedanken gehabt „das musst Du Paul erzählen", nur um dann wieder zu realisieren, dass es keinen Paul mehr gab. Aber jetzt fehlte er ihr mehr als jemals zuvor. 42 Jahre lang gehörte es einfach zum Heiligen Abend, dass Paul die Weihnachtsgeschichte aus

dem Lukasevangelium vorlas. Sie hörte in Gedanken seine warme Stimme, erinnerte sich, wie er Weihnachtslieder sang, während die Große ihn am Klavier begleitete. Selbst im vergangenen Jahr hat er noch versucht, mit ihnen zu singen. Seine Stimme war nur noch ein Säuseln, das Gesicht schon vom nahenden Tod gezeichnet.

Die Große - seit fünf Jahren ist sie Weihnachten schon nicht mehr zuhause gewesen. Das kann man verstehen. Gerade um diese Jahreszeit sind die Flüge von Neuseeland besonders teuer. Und sie war in diesem Jahr schon zur Beerdigung hier.

Und der Mittlere... Sie hatte ein wenig und ganz im Stillen gehofft, dass er sie einladen würde, das Fest bei ihm zu verbringen. Eine halbe Stunde Fahrt wäre es nur gewesen. Sie hätte den Enkeln gerne ihre Geschenke selbst gegeben. Nun hat der Postbote dieses Vorrecht. Er würde heute Abend wohl nicht an seine Mutter denken. Er war ein guter Junge, aber es ist noch nie seine Stärke gewesen, an andere zu denken. Er war erfolgreich - ein großes Haus, ein schönes Auto, eine attraktive Frau und zwei perfekte Kinder. Sie passte da nicht mehr ins Bild. Das sah wohl vor allem die Schwiegertochter so. Und sie war klug genug, sich nicht mehr einzumischen.

Die Kleine ist da so ganz anders. „Wirst Du zu Weihnachten wirklich ohne mich klarkommen?", hatte sie gefragt bevor sie gestern das Haus verließ. „So ohne Papa und uns...." „Natürlich. Du weißt doch, dass ich ganz gern mal allein bin – ich komm' schon zurecht. Mach Dir um mich keine Sorgen und genieß' Deinen Ausflug!" Das war gelogen. Nein, sie war heute Abend nicht gern allein. Aber hätte es etwas geholfen, wenn sie der Kleinen nun ein schlechtes Gewissen gemacht hätte? Sie hat seit Wochen vom romantischen Weihnachtsfest mit Freunden in einer Hütte in den Bergen geschwärmt. Hätte sie ihr das vermiesen sollen? Nein, dafür hatte sie sie zu lieb. Hoffentlich genoss wenigstens sie diesen Abend.

Eine Weile saß sie noch so da, gedankenverloren auf den kleinen Baum starrend, den die Tochter noch für sie besorgt hatte. Irgendwann stand sie auf und griff nach der Familienbibel. Man musste an diesem Abend doch die Weihnachtsgeschichte lesen, das gehörte einfach dazu. Sie schlug Lukas 2 auf. Die Bibel öffnete sich schon von selbst an dieser Stelle, weil sie bisher nur selten an anderen Stellen geöffnet worden war. Die vertrauten Worte brachten

Erinnerungen an vergangene Weihnachtsfeste zurück. Sie brachten zugleich Trost, Freude und Wehmut. „Es begab sich aber zu der Zeit, daß ein Gebot von dem Kaiser Augustus ausging, daß alle Welt geschätzt würde." Während sie las konzentrierte sie sich nicht auf die Worte der Geschichte, sondern ließ ihren Gedanken freien Lauf. Sie dachte dabei an nichts Bestimmtes. Sie sah ihre Kinder, wie sie im Sommer im Garten spielten, Paul, wie er das Auto wusch, die Weihnachtsgans im Ofen, die gemeinsame Gartenarbeit im Frühjahr. Und plötzlich wurde ihr bewusst, dass nichts von all dem wiederkehren würde.

Doch gleichzeitig erschien ein neuer Gedanke. Ist denn jemals eine Zeit im Leben wiedergekehrt? War das Leben nicht vielmehr ein beständiger Neuanfang? Waren Traditionen nicht immer vergänglich und abhängig von den Umständen der jeweiligen Zeit?

Konnte man zu Weihnachten wirklich nur zuhause und im Kreis der Familie glücklich sein? Nein – es war Zeit für eine neue Weihnachtstradition.

Kurz entschlossen klappte sie die Bibel zu, stand auf und ging zum Schuhschrank, um die warmen Stiefel zu holen. Sie setzte sich die dicke Mütze auf, band einen Schal um und zog ihren schönen Wollmantel an, den Paul ihr vor zwei Jahren geschenkt hatte. Sie nahm die Handschuhe und eine Tüte Weihnachtskekse, ging nach draußen und zog die Tür hinter sich zu.

Der Weg zum Friedhof war lang, aber noch war es hell genug. Sie sog die kalte frische Winterluft durch die Nase und stapfte durch den festen Schnee. Am Grab angekommen wischte sie den Schnee vom Stein und von der Bank vor dem Grab. Sie setzte sich, nahm die Kekse aus der Tasche und sagte: „Frohe Weihnachten, Paul!". Sie meinte, ihn von irgendwoher leise lachen zu hören.

Sie war nicht mehr einsam.